短歌紀行

伊東　憂月

短歌紀行

短歌紀行　目次

旅のつれづれ

湯田中の小鳥さえずり寝覚めてぞ
そぼ降る雨や山は湯けむり

湯田中温泉で宿泊したときのことでした。チュンチュンと賑やかな鳥の合唱が寝床まで届き眼が覚めて何気なく外を見ると、雨にも関わらず電線を止まり木にして鈴なりの雀が朝を告げていたのです。

山を眺めやると、山腹の源泉井戸の辺りからの湯煙が折からの雨の為に雲が沸き立つ情趣溢れる光景で一幅の山水画を鑑賞しているような心地となりました。

湯田中は、幕末の動乱期に暗殺された勝海舟の妹婿で、蘭学者として高名であった佐久間象山の生地でもある。

また、この地の山には第二次大戦時の国内戦を想定した「仮皇居」および「政府施設」などの大規模施設を国家機密として建設が進められていたが終戦となり、現在、「仮皇居」跡地は地震研究の測候所として活用されているとのことです。

固い岩盤を、多くの朝鮮人労働者の人力による堀削作業は難航したであろうと思われますが、唯々、驚きの一語に尽きました。

浅みどり矢作河原に鴨つどふ
餌《え》をやる人ぞ宿の下駄踏む

新緑の季節に、矢作川の上流にある「とうふ屋旅館」に泊まった。

「とうふ屋旅館」の屋号は、旅館開業以前が豆腐製造販売業であったことに由来しているとのことでした。

朝の清々しい新緑でも見ようかと、ふと、旅館の裏庭とも見える河原を眺めやると、某先輩が浴衣に下駄履きで散策していたが、そのうちに同旅館が河原で飼っている「カルガモ」の群れ群れに、楽しげに餌を与えている絵になる光景を眼にしました。

この、カルガモ達には旧来派と新参派とに餌場が分かれており、至極自然に他派の餌場に乗り込むような事はないそうです。

松島を遊覧船で島めぐり
餌を投げけるや鷗群れくる

松島では、遊覧船で島巡りをして飽きがきたころ、某先輩が私の手にしていた「豆板菓子」を鷗に向かって放り投げるや、鷗は空中で見事にキャッチして啄んだものです。

その面白さに私は調子に乗って、次々と放り投げたものです。

そうこうしているうちに、鷗の群れが私どもの遊覧船を取り囲むようにして追随して来たではありませんか。

同乗の観光客も、この光景に驚きと感動の騒めきが起こったものです。

しかし、このような行為によって指を噛み切られるなどの怪我をする事故の発生の有ることを後日知ることになり、事の如何を問わず、知らず知らずのうちにする言動が自己並びに他人に危害を与えるものである事を再認識せずにはいられませんでした。

見渡せばアルプスの峰名残雪
春なお浅き上高地柳

日本は、海に囲まれ天水に恵まれた四季の明らかな自然の豊かな島国です。北の知床から南の屋久島まで、先人の知恵と努力により自然の景観が残されている。「京都の嵐山」は、明治の元勲の大久保利通が京都に立ち寄った際、「徳川幕府でさえも嵐山の景観保護の為に意を注いだが新政府は見向きもせぬ」との嘆願を受けた以後、環境保護にも注力するようになった。

「上野公園」も、開発の憂き目に遇うところであったが、外国人技師の「国の首都に公園が有るのが文明国の証しである」との提案を受け入れて現在に至っている。

ほぼ同様に「上高地」に来日した外国人が雄大なアルプスの峰に抱かれた原生林の景観を一目見て気に入り、地元の人々と共に環境保護に努力したそうです。

成程、車両は指定された駐車場に誘導され、そこからは徒歩にて散策風に原生林が観察出来るように環境保護対策が執られている。

上高地の真ん中を流れている川は雨降り後の為か濁り水が滔々と流れており、川沿いには上高地柳（化粧柳）がようやくに芽を吹き出していた。

この付近から、晴天に恵まれた残雪のアルプスと原生林が望まれ、その雄大なコントラストに参加した一行は大満足であった。

雨や降る尋ねて久し五色沼
紅葉あれども姿わびしき

私が警察官になって間もない頃、福島出身の同期生らと鶴ヶ城、白虎隊の墓、常磐ハワイアンセンター、猪苗代湖など福島県内の観光地巡りをした最終地が雨上がりの五色沼であった。

その名称の如く、それぞれの沼が五色に彩られ、覗けば引き込まれるような透明感と神秘的な色合いが眼に焼き付き思い出となっておりましたが、この度折角の機会に恵まれながらも生憎の雨模様で散策も出来ず、紅葉は良かったが本来の五色沼を見ることの出来なかったのが大変残念でした。

億年の龍泉洞や底知れず
淡き翡翠や地底の湖

奥知れぬ龍泉洞にまどひてぞ
遅れて戻る人のありける

何億年を経て出来上がった鍾乳洞に地底湖が有るとのことで、興味津々で見学コースに従い進んだところ、ライトアップされた地底湖に着いた。

何とも形容しがたい淡い翡翠の色合いで、底の底までを見透かせる程の透明感に吸い込まれそうになってしまいました。

深度は約二百位あるとのことで、三陸の海と繋がっているのではないかとも想像したりしたものです。

見学を終えて、某先輩が昼食会場に見えないので捜索に向かったのですが、折よく龍泉洞の入り口で出会い、事情を聞いたところ、案内板に気付かず鍾乳洞の奥に迷い込んでしまったので、元来た道を逆戻りして入り口に辿り着いたとのことでした。

この鍾乳洞は、探査中の未公開部分があるとのことでした。

陸奥を訪ねて久し平泉
金色堂や往時しのばる

平泉は奥州藤原三代の栄華の跡で、奥州特産の金銀、絹織物、馬、鷹などを京の朝廷及び藤原摂関家に献納する事によって奥州に王国を築き上げ、持てる財力を活かして京の都を意識した都造りと比叡山に負けぬ程の数々の堂塔伽藍を造営した。

仏像の制作も運慶に依頼して金銀、絹織物などの莫大な報酬を与え、これらに費やした費用は天文学的数字だそうです。

造営当初の金色堂は屋外にあり拝観した当時の人々は、この世のものとは思えぬ荘厳な美しさに感動し驚嘆したものと思われます。

奥州藤原氏を攻め滅ぼした、かの源頼朝は戦禍を免れた平泉の堂塔伽藍を丁重に保存するよう厳命した。

頼朝の信仰の篤さと、神仏を畏れる心がした行為ではないかと私は考察しております。

わたの原ふりさけ見れば佐渡島
イルカの群れも別れ惜しむや

佐渡と言えば「金山」「流人の島」「トキの里」と思い浮かぶが、この島に流され都に戻ることなく没した上皇、金山の水汲み人足として島流しに遭った無宿者など歴史の重みのある島であります。

近代に於いては、「トキ」の純血種である「ニッポニアニッポン」が全滅したため、中国から寄贈された「トキ」を「トキ保護センター」にて繁殖させてはいるが、何とも寂しい限りです。

日本海に浮かぶ孤島ではあるが、水も豊富で稲作も盛んで昔から唯一自活の出来た島とのことでした。

フェリーに乗り込み離れ去く佐渡島を眺めていると「イルカの群れが見える」との船内放送があったので、デッキに出て島の方向を眺めて見ると「イルカ」の群れが別れを惜しむかのように、見送りをしてくれるかのように遊泳していた次第です。

あしひきの谷川岳を望まんと
道なき道を踏み分け登る

「谷川岳」と言えば冬山登山のメッカでもあり、遭難の名所でもある。

ご多分に漏れず、私の義弟の弟も某大学の山岳部員として、この谷川岳の冬山登山をして遭難死しているのです。

神戸に居住していた義弟は、亡くなった弟の供養のため毎年谷川岳の慰霊碑に訪れていたそうであるが、阪神・淡路大震災の前日に若くして肺癌で逝去した。

阪神・淡路大震災当日に義弟の告別式に参列すべく準備をしていた最中に、少年時代を過ごした神戸の街が炎上するテレビ映像を見て悪夢のような現実に愕然としてしまいました。

通学していた中学校の行事の健脚訓練で裏山でもある六甲山系の摩耶山に、小一時間少々をかけて頂上に登ったのに、下山の際は灌木を飛び越え、窪地を飛び越え、約三十分足らずで駆け下りて一番に麓に到達していた。

この少年時代を思い出し、谷川岳への登山道に少し入ったところで熊笹などを刈り込んだ足元の悪い山肌に挑み谷川岳の雄姿を望める位置迄登って眺めました。

下りる時は、急斜面であることと足元の不確かさのために、へっぴり腰となってしまいました。

『旅のつれづれ』あとがき

私は西暦二〇〇〇年に田園調布警友会に入会して、先輩諸氏との旧交を温める為に旅行に参加いたしました。

旧知の先輩、初めて知遇を得た先輩諸氏達とともに参加した旅行は、現役時代には味わえなかった楽しい旅のつれづれでした。

行く先々で印象に残った事、感じた事などを短歌にして詠んでみたものです。

山陽・山陰路を往く

一　大三島

着く程に大山祇の獅子の舞

頭振り抜く太鼓に合わせ

初日は大三島泊に決めて三原駅で降車し、道すがら「やっさ踊り」の像を認めて、良く見ると女は鳥追い笠姿、男は尻を端折った姿で徳島の阿波踊りにも似た様子格好なので一目見たいと思ったが時期にあらずと諦めた。

三原港からフェリーに乗船して約三十分程で大三島井の口港に着いた。港から周囲を見回すと「民宿富士見園」の看板が眼に写り「富士も見えぬに富士見園」とはこれ如何に、と思いながらも宿とした。

部屋に案内され荷物を置くと同時に、笛太鼓の音がしたので宿の人に尋ねると「大山祇神社の大祭を無事に終えたので島内を獅子舞が練り歩いています。間もなく玄関前に来る」との事でしたので早速玄関ロビーに出向き獅子舞を鑑賞することにした。

その動きは、或る時は軽妙に、或る時は荒々しく、サバンナのライオンのように甘える仕草、そして獲物を狙う頭、胴、足の動きが笛や太鼓の囃子に合わせた所作は迫力満点で美事の一言に尽き感動しました。

聞くところによれば、テレビ放送の収録のため上京した経歴の有る一行との事でした。

古来より神の社や大三島
敷島を知る大楠木よ

大山祇神社の大楠

翌二日に大山祇神社への参拝に向かう途次に、台湾人らしい観光客一行が「しまなみ街道」経由で来島しているのに出くわした。

大山祇神社の祭神は、天照大神の兄神にあたる大山積大神との事で、境内中央の注連縄《しめなわ》が張り巡らされた大楠は神武天皇が東征前に小千命《おちのみこと》が植樹されたものと伝えられている。

森閑とした同所の海事資料館に入館して、普段眼にすることのない展示品の数々を鑑賞した。

次には国宝館に入館した。同所には、斉明天皇が奉納した「禽獣葡萄鏡《きんじゅうぶどうきょう》」を始めとした国宝、重要文化財が多数展示されており、古より名を残している武将達が奉納した武具の精緻な出来栄えと華やかさに驚いた。

平重盛、源為朝、源頼朝、源義経、護良親王、足利尊氏、河野通信、織田信長、豊臣秀吉、徳川家康、珍しい物では女性用「鎧」など経典類でした。

なお同神社の回廊には明治以来の著名人や軍人達が参拝記念に撮影された写真が展示されている。

多数の展示物を見て私が感じた事は、歴史の中に刻まれた栄枯盛衰は世の習いとは言え、志半ばにして悲運の生涯を遂げた木曽義仲、護良親王、楠木正成、足利直義、織田信長等の武将達。

武家政権を樹立して鎌倉幕府を創設した源頼朝と、鎌倉幕府と言うよりも北条執権政治を打倒して室町幕府を成立させた足利尊氏、両者に共通しているのは思想信条の違いから頼朝は弟の義経を、尊氏は弟の直義を非情冷徹に切り捨てている事である。

関白にまで位人身を極めた豊臣秀吉は、

「露と落ち露と消へにし我が身かな
　なにはのことも夢のまた夢」

と詠み、一子秀頼の将来を憂えながら老醜を晒して世を去った。

豊臣家を弱体化させて政権を奪取して江戸幕府を樹立した徳川家康は、藤原氏摂関制度を始めとして鎌倉幕府や室町幕府の諸制度を参考にしつつ、御三家およびに親藩を定めるとともに譜代大名の配置や直参旗本の待遇にも配慮しつつ、外様大名配置などにも細心の考慮を払い、武家諸法度を定めて三百年の礎を築いた。

面白いことには、鎌倉幕府成立時の旗本若しくは御家人と称された武将の子孫達が徳川幕府政権下の外様大名として存続している事です。

代表的な大名は、明治維新の原動力となった薩摩藩島津氏と長州藩毛利氏である。その他に幕府旗本として仕官した者達もおり、大名家の家臣として重用された者達もいる。

二　宮島

わたつみの干潟に浮かぶ大鳥居
入り陽昇る陽安芸の宮島

大三島からフェリーに乗船して三原に戻って、三原駅から列車に乗り換えて宮島口駅に到着する。宮島口からフェリーに乗船して宮島を目指す。その途次、海に浮かんでいるような宮島の大鳥居が右に左にと眼に写ったものである。

宮島に上陸したその足で厳島神社の参拝と参観をして、土産物店など島内を散策しているうちに大鳥居ならびに神社の回廊の支柱が干潟に浮かび上がって、観光の人達が干潟に降り立って遊ぶ姿が見られた。

この厳島神社は朝鮮半島や中国大陸との交易により巨利を得た平清盛が、その財力と権力に物を言わせて文化遺産ともなっている社殿を造営した。清盛は、先駆者として港の整備に力を入れて「摂津の国福原」と称した現神戸市に港を築いたりもしたが「福原遷都」を企図したために平家の凋落を招く要因ともなった。

此処「宮島の鹿」も、「奈良の鹿」と同様に古来から神の使者として手厚く保護されているが、近年増えすぎて島内の住民や観光客に被害をもたらしている。

この鹿自身も口に入る物なら何でも食べてしまうので年に何頭かは淘汰されているようである。

フェリーに乗船して宮島を離れる時は満潮となり、大鳥居は海に浮かんでいた。

三　岩国

岩国や四季を彩なす錦川
かかる橋こそ錦帯橋

錦帯橋

その日のうちに宮島口を移動したが岩国駅到着は夕暮れとなってしまった。
宿を探すため同駅構内に有る観光案内所に立ち寄ったところ、折りよく同案内所の女性が終業準備しているところで宿の紹介を頼むと、知り合いの旅館へ行く用事があるので宜しかったらとの事で渡りに舟と同行する事にした。
その旅館から錦川と錦帯橋が望めた。明くる日は早々と錦帯橋の渡り初めをして、橋の下から橋の構造を見分した。
下から見上げた幾何学模様の精緻な木組みが醸し出す美感と、高度な技術を駆使した職人の技にも感嘆したものです。

此の橋の由来は、岩国藩三代藩主吉川広壽が甲州街道桂川に架かる橋柱の無い「猿橋」にヒントを得たが、川幅二百メートル有る錦川には同様の工法を無理と判断していたところ、明の帰化僧「独立」が所持していた「西湖遊覧誌」を閲覧する機会を得て、西湖に点在する島伝いに石橋が架かる挿図に妙案が閃いた。錦川に築城技術を応用した石組み小島の橋台を造成をして、そこへ木組みの技法を活かした五連の橋を架けて、現代に伝わる名橋が完成した。

資料によれば、昭和二十五年の台風で流失したが昭和二十八年に再建され、更に、平成十三年から二年を掛けて橋の掛け替え工事が行なわれたそうです。

錦帯橋は自然環境とも美事に調和融合して、春は桜、夏は鵜飼いと花火大会、秋は紅葉、冬は雪景色などと四季折々の変化を演出する現代建築工学にも負けぬ匠の技の凄さを感じさせられた。

橋の袂《たもと》には、佐々木小次郎が柳と燕を相手に「燕返し」を編み出したと伝えられている「柳」の二代目が枝葉をつけて垂れていた。

次に、武家屋敷が残された吉香《きっこう》公園の香川屋敷を横手に見ながら岩国城天守閣を目指した。

ロープウェイに乗り山頂に到着する。

天守閣に登楼して眼下望むと、柔らかな曲線を描き蛇行して街を通り抜け河口に至る、錦川や瀬戸内海が展望出来た。

天守閣は資料館となっており、書画骨董類の様々の展示物を鑑賞した。

この城の特色は、錦川を堀とした攻めるには難の有る典型的な戦国時代特有の山城である事です。

天守閣を背にして、横山観覧所に立ち寄って「岩国のシロヘビ」を見学した。

吸い込まれるそうになる神秘的なルビー色の赤い眼と、白い胴体に魅了されてしまいました。

聞くところによれば、青大将の突然変異種ではとの事で、近年農薬その他の環境の所為なのか減少しているので飼育保護活動をしているそうである。

四　美祢

山めぐり化石求めて幾星霜
美祢の偉人は露と消ゆまで

三日目は、岩国から下関まで足を延ばして関門海峡を眺める予定であったが、路線を変更して山陰線美祢を目指した。

この列車が駅に停車するたびに、私と同様に喫煙する為ホームに降り立って門司《もじ》迄帰ると言う老人に出会い、四方山話をしながら厚狭《あさ》迄一緒したのですが、私達同様に喫煙タイムをする者は皆無であった。

美祢駅に降り立ったのは乗り換えなどの為、すっかり日が暮れ落ちていた。同駅横の「うどん屋」に入って私好みの関西風「だし」の香りのする「うどん」を食べて「美味しいうどんでした」などと言いながらも宿の有無を尋ねたところ、ビジネスホテルを紹介してくれた。

ビジネスホテルで一汗流すとともに洗濯などをして、ロビーのパンフレットを見ると、「万倉大岩郷」や「無煙石炭の産地」そして、化石の発掘地帯であるとの美祢市の案内がされていた。

翌朝、タクシーを頼んで「万倉大岩郷」に向った。

運転手曰く「秋吉台ほど観光化されていないので訪れる人も少ないですが、一

万倉の大岩郷

見する価値は有ります」との事。

　到着して観察すると、山頂から山裾迄大小無数の巨岩が連なるようになっており、その光景の不思議さに驚いた。

　去りぎわに、巨岩の上に立つ我が雄姿を運転手に頼んで記念撮影と洒落こんだものである。

　当地美祢で産出されていた無煙石炭は帝国海軍で使用されて、日露戦争の日本海海戦に於いて、ロシアバルチック艦隊に大勝利した要因の一つと挙げられている。

　なぜならば、バルチック艦隊は普通の石炭使用で黒煙を吐き出し、目視確認でも発見されやすいと同時に攻撃目標ともなった為である。

化石については、「岡藤氏」が当地の高校教師の頃から化石の採集を始めて、退職してからも情熱を傾けて、あちらこちらの山を巡り歩き「生」を終えたのは化石採取中との事であった。

採取した化石は数万点に及び、当地の化石博物館に収蔵展示されている。この化石のレプリカが市道のフェンスに装飾されていた。

一片の化石に終生変わる事無き情熱を傾注した「岡藤氏」に驚嘆するとともに、尊敬の念を抱いた。

五　出雲大社

八百万の神に詣でて願わくば
出雲八重垣霧たたなづく

出雲大社　神楽殿

今回最大の眼目である出雲大社へと歩を進めた。
その途次、益田駅で乗り換えとなり同駅構内に展示されている教科書で馴染みもある「歌聖の柿本人麿」像と対面した。

出雲市駅からバスに乗り換え、約十分程で出雲社に到着した。

古代より連綿と続く出雲大社の祭儀を司る宮司家の立派な塀と、象徴たる家紋入りの提灯が備えられた荘重な門構えを見ながら本殿へと進んだ。

見るともなく見えてしまった巨大な注連縄の本殿の前に立ち、あらかじめ巫女から教示されていた、二拝四拍手一拝をして、願掛けするでもなく自然体で参拝を済ませた。

この参拝作法は、全国でも出雲大社と宇佐神宮だけである。

その時、本殿の後背の神域の山に幾重もの霧が重なるようにして沸き立つ不思議とも思える現象に神秘を感じさせた。

私の参拝後に、勤務先の研修と思われる作業服姿の一行が、リーダーの説明終了後に参拝していた。

古代出雲大社は、現在本殿の位置から御神域とされている山の斜面を活用して、山頂に神殿を造営した木造高層建築物であったと新聞記事に掲載されていた。

心を洗われた清々しい気持ちで、今宵の玉造《たまつくり》温泉に向った。

玉造駅に着いてから駅前に停車中のタクシーに予算を告げて旅館を頼んだところ、玄関先から館内迄、錦鯉を回遊させている予算額に見合わぬ豪勢な旅館に案内されて驚いた。

仲居に案内されたのは一人では勿体ない十畳二間の広い部屋で、やがて運ばれてきた豪華な料理に、殿様気分で悠然と舌鼓を打ちながら食事を済ませたものである。

温泉の湯に浸って疲れを癒してから、従業員の他誰も見当らない同旅館の広いクラブでウイスキーの水割りを飲みながらカラオケの一時を楽しんだ。

生来初めて経験した豪勢な一夜でありました。

翌朝は「めのう細工」の工房を見学してから地名の由来となった「古の勾玉《まがたま》造り」の生産地を後にして、松江に移動した。

六　松江

小雨降る松江の城の茶店にて
ぶぶぶだんご喰らい四方山話し

松江駅からはレトロなレイクラインバスに乗車して宍道湖《しんじこ》を眺めやりながら、松江城大手門前で降車した。

松江郷土館「興雲閣」に入館して展示資料など見てから、松江城内を散策中に小雨が降りだしてきたのですが、都合よく「ぶぶだんご」と表示した小旗の茶店が眼に付き、飛び込んで雨宿りした。

やや大振りの団子を串に刺した「ぶぶだんご」を注文して、その由来や世間話をしながら食べ応えのある団子を口に運ぶ一時を過ごした。

雨宿りを終えて、城外の「旧小泉八雲邸」や武家屋敷を売り物にした料亭などを見やりながら松江駅に取って返して今夜の皆生温泉の宿を手配した。

皆生温泉に降り立って気付いたのですが、相当数の宿泊施設が有り予約は無用であった。

その旅館の表はそれなりの構えであったが、入ってみると民宿風の造りで抹香臭い匂いが漂っていて気分が滅入ってしまった。

翌朝は早々に伯備線に乗車して起点である金光駅へ立ち戻り、妻の実家に立ち寄った。

七　閑谷学校

閑谷の学びの里の静けさや
さやかに残る賢侯の思ひ

横浜の自宅へ帰る道すがら、兼ねてから閑谷《しずたに》学校を見学したいとの思いが有ったので、金光駅から吉永駅に向かい降り立ったが、閑谷学校へのバスの便は無く、止むを得ずタクシーを利用した。

山裾と山裾の間の正面に「鶴鳴門《かくめいもん》」と、堅牢な石垣塀が望めた。石垣塀は、蒲鉾型の精緻で堅牢な石組み構造となっており、表側の高さは二メートル、内側の高さは七十五センチメートル、塀の幅は二メートル有って、学校の周囲を廻らして全長七百六十五メートルになるとの事でした。

「鶴鳴門」から校庭を隔てた正面に「隗《かい》より始めよ」の「楷の木」が枝葉を茂らせていた。

この楷の木より小高い所に、向って右から岡山藩藩祖池田光政侯を祭祀する閑谷神社と孔子廟が並び建っていた。

校庭左奥に目指す閑谷講堂が見られた。閑谷講堂は、入母屋造りの瓦葺き屋根で、十本の欅の円柱に支えられて、円柱をはじめ内部の見える部分は丁寧な漆仕上げで、上座に師範席が設けられていて百人程度受講出来る広さが有り、床下は

【国宝】講堂（重要文化財）

高床式となっていた。

講堂に付属する建物は、藩侯が来校した際の休息所の「小斎《しょうさい》」と、「習芸斎」と称した教室、師と生徒が休憩する「飲室」などが在る。

講堂から西へ少し離れた所に土蔵造りの文庫が建てられており、同文庫内には学校所蔵の書籍が収められていて希望すれば生徒に貸与されていたとの事です。

文庫横には、高い石垣の上に土盛をした「火除け山」がある。

火除け山を隔てた所に「学房」と呼称の学生宿舎、客舎、役人屋敷などの居住施設が設けられていた。

講堂（中央）、小斎（中央手前）、習芸斎（左手前）、飲室（左奥）

私が閑谷学校を訪れて小盆地を形成している地形や構造を見て感じた事は、学問の場ばかりではなく、砦として容易に転用出来得る施設であると感じた。
何故ならば、明治維新の折に山陽道を進軍東上するに際して危機に陥った場合には、閑谷学校を本営とする案が有ったと聞き及んでいたからでもある。
閑谷学校の由来は、岡山藩藩祖池田光政侯が徳川幕府によって天下が平定されたのを機に文治政策の要ありと、藩学校を設立して家臣の子弟教育に意を注ぐとともに、領民撫育にも意を注いで閑谷学校を設立する運びと成った。
光政侯は、熊澤蕃山の献策を元に学校用

地を自ら実地見分して、新田開発などに功の有る津田永忠に学校奉行を命じた。「木谷村」を「閑谷村」と改称のうえ学校領とし、学校運営資金とした。学校設立とともに、領民の識字率を高める為、領内の各村々に寺子屋が設けられた。

閑谷学校の全容が整えられたのは光政侯没後元禄十五年の春である。津田永忠は、閑谷学校の永世の存続を願って「孔子廟」の隣に「光政侯廟堂」を設立したのである。

遊学来校した者は、山鹿素行をはじめとして頼山陽親子、横井小楠、菅茶山、山田方谷、大塩平八郎、吉田松陰の他、全国諸藩の有為な向学の士達など数知れずとの事である。

熊澤蕃山と閑谷学校との関わりは、候補地の選定に始まり「釈菜《せきさい》」（孔子への拝礼の儀式）を執り行うなど岡山藩致仕前も来校しており、学校建設に携わった津田永忠との親交もあって助言もしている。

熊澤蕃山は、若気の至りで「島原の乱」の時に許しを得ないまま参陣しようとして浪人する羽目となり、親族を頼って近江に居を移して学問への志を打ち立てて、近江聖人と称されていた「知行合一」を基本理念とする陽明学者の中江藤樹に師事して刻苦勉励して学識を深めた。

京都に於いて、公家や諸侯に対して講義するなどして、その世評を聞き及んだ光政侯が蕃山を復仕《ふくし》させ重用した。

その期待に応えて承応年間の大洪水対策と凶作による飢民救済に奔走して成果を挙げたが、当時として果断とも思える藩政改革を推進しようとして藩内の抵抗に遭うとともに、陽明学者の蕃山を快く思わぬ幕府老中の存在もあり、光政侯の三男である政倫を養子に願い出て許され隠居した。

その後、致仕してからも様々な苦難に遭うが、諸侯や向学の士に講義をするとともに、学究に励んで相当数の著作を著している。

また幕閣内及び諸侯の家臣達にも学識を信奉する者多く、その系譜は様々な形で流布されて、藩政改革を成し遂げた上杉鷹山侯や明治維新の思想的信条ともなって「終戦詔勅や平成元号」に関わったともされ、また戦後歴代内閣総理大臣の影の指南番とも噂されていた「安岡正篤」らにも継承されている。

安岡正篤は、松下電器の創業者である松下幸之助が私財を投じて設立した「松下政経塾」の講師を務めていたことがある。

この「松下政経塾」出身の青年達が国会議員や財界人として活躍しているが、功を焦って国会議員の身分を失った者がいるのも事実である。

残暑厳しい折から、拭っても拭っても流れ出る汗を拭いながら閑谷学校の見学を終えた私は、同所売店「ひやしあめ」の小旗を見て、懐かしさゆえに思わず注文した。

良く冷えた「ひやしあめ」を口に含んだ途端、ほのかに生姜の香りがして、その喉ごしは爽やかで体温をも下げてくれたのである。

「ひやしあめ」は生姜、麦芽糖、蜂蜜などを混合した原液を、湯冷ましの適量の水で割って冷やしたものです。

旅の終りの車中で詠む、

思へども成るに任せて過ごしけり
吾が身の程や知るにつけても

『山陽・山陰路を往く』おわりに

私は、生来三十八歳に至るまで諸般の事由により数十度の住居の移転を繰り返して来たものです。

物心ついた頃には好奇心が旺盛故なのか、足の向くままに彷徨する癖があって迷子になる事もしばしば、また池へ魚釣りに行くという近所の兄ちゃん達とともに物珍しさも手伝って付き従って行ったのですが、池の辺りにある草に足を滑らせて池で溺れる事態になった事も有る。

退職を好機と捉えて長年暖めてきた目的の地へ一人旅することにしたのです。

まずは、山陽本線金光駅を起点とした乗降自由の普通切符を購入して山陽本線、山陰本線、伯備線周遊の、言わば東京山手線の拡大版とも言える宿泊先を決めぬ自由気儘な旅で、彷徨癖の延長戦である。

歳時記

那智の滝雲湧き出でて霞みしも
途切れ途切れや明らけに見ゆ

古への衣身にまとひ乙女らは
那智の滝にて想ひをこめて

那智の滝

串本や向いは大島橋ならず
吾が歯に似たる橋杭の岩

宇治橋を渡りてみそぎ五十鈴川
神路の山や八重垣の奥

久方の二見の浦や夫婦岩
雨宿りして無事にやかえる

上野の吉祥寺や姫小松
花の寺とやトリカブト咲く

宵闇に篝火浮かぶ長良川
手縄の末を哀れと思ふ

宵闇に篝火浮かぶ長良川
手縄あやつる影法師かな

長良川の鵜飼

長良川の鵜飼

朝霧の湯の湖散策出会ひしは
句聖尋ぬる旅の途次とか

陸奥の遺跡たずねて草枕
三内丸山太古を語る

三内丸山遺跡

あしひきの比叡の山の延暦寺
時空を超へて照らす法灯

花を愛で四季の移ろふなすままに
今日も今日とて楽しくあらな

乳飲子の匂ひ嗅ぐと思へども
未だかなわぬ切なる思ひ

大津波打ち捨ててゆく何もかも
春の息吹は未だ聞こへず

震災や地面波打ち驚きぬ
車飛びはね足元ぐらり

震災を二年過ぎて未だなほ
民の嘆きをいかにと問はん

大津波基礎のみ残す住居跡
主戻れと乱れ咲く花

震災や駅構内の明り消へ
大地波打ち直ぐに歩けず

ゆったりと伊豆の山海眺むれば
うつうつとした心晴れぬる

知り人の訃報を聞きて常ならず
明日も知れぬと思ふこのごろ

何もせずただ明け暮れも辛きかな
寸暇惜しむも又辛きかな

時は今西の山辺に近くとも
松枯れなくに蓮華求むる

老ひの波重ね来たれど変はらじな
面影残す幼馴染みや

吾が義父は米寿を越へて未だなほ
畑に遊ぶを楽しみとして

落とさじと握りしめたる千歳飴
幸ひあれと母は微笑む

朝ぼらけ知るや知らずや枯尾花
多摩の河原に墨染めの富士

遠き日に切なる思ひ告げなくに
月影に見る君が面ざし

コロナ禍やマスク無しでは散歩すら
微笑みかはす何時の日にかは

一年の祈りをこめて初詣
段を踏みしめ心あらたに

元旦に初雪や降る稽古始め
ひと汗流し初詣する

段重ね息切れやする初詣
小春日和に額汗する

元旦や非番帰りも何のその
空清澄富士の白峰

霜柱踏み抜き歩む朝ぼらけ
息の白さに頬もこはばる

初雪や朝も白々海の原
庭の山茶花紅燃ゆる

公魚や堪へて待つ身の辛くとも
手応へありて喜々と快哉

山茶花に鳴く音愛しひ目白かな
今朝も又来て連れもて遊ぶ

山茶花の花の盛りを忘れじと
番ひの目白今朝も又来る

朝日あび霜とけゆきて微笑みし
春や呼びつるサフランの花

早春の白川郷や名残雪
屋根の葺き替え合掌づくり

そよ吹かば惜しくもあるか桜花
散らば散らなん花ぞ愛でける

白川郷の合掌造り

白川郷（屋根の吹き替え）

青澄みて雲のかすみか山桜
そよ吹く風にうたた舞い散る

春の海や雲とまがひし桜花
盛り染めにし須磨の浦かな

桜花今日か明日かも花吹雪
　又来る春を楽しみとして

そよ風にひらひらひらひらり舞ひ扇
　桜愛でけり盛り過ぎゆくとも

朝な朝に垣根彩る朝顔や
想ひはすでに明日は幾重ぞ

嵐去り雲ひとつなきキャンパス
うたかたの夢紅の架け橋

はやはやとななかまど映ゆ藻岩山
臨みて望む札幌の町

ひと夏の淡き命やひと休み
蝉は簾に止まりけるらん

朝ぼらけ寝覚め床の蝉時雨
高き梢は風さやかなり

秋立ちし蝉の鳴く音もたへだへや
梢もゆれん夜半の月かな

木の葉ゆれそよ吹く風はいと涼し
夏も終りとつくつくぼうし

風そよぎ鈴もさやさや鈴懸けや
とんぼ翔けゆく秋は近しと

虫の音に誘われ出でて仰ぎ見ん
雲棚びきてまほろばの月

雨音に窓外見るや星明り
木枯し馳せる猛き風なる

大の字に仰ぎて見れば青澄みし
空の彼方に吾が身溶けこむ

バスで行く甲斐から飛騨路富士の峰
山並みぬって見え隠れつ

本作品は、『旅のつれづれ』（平成十八年）、『山陽・山陰路を往く』（平成二十一年）それぞれ私家版として出版したものに、今回『歳時記』を加えたものです。

［著者］伊東 憂月（いとう・うげつ）
1945（昭和 20）年 9 月生まれ

短歌紀行《たんかきこう》

発行日　2024 年 6 月 12 日　第 1 刷発行

著者　伊東《いとう》 憂月《うげつ》

発行者　田辺修三
発行所　東洋出版株式会社
〒 112-0014　東京都文京区関口 1-23-6
電話　03-5261-1004（代）
振替　00110-2-175030
http://www.toyo-shuppan.com/

印刷・製本　日本ハイコム株式会社

ISBN 978-4-8096-8706-8
定価はカバーに表示してあります

ISO14001 取得工場で印刷しました